句集

草藥人生

小林春鷗

文學の森

序にかえて――選後余韻

「琅玕」主宰　手塚美佐

まなかひに月山聳え菊を摘む　（平成十七年三月号）

去年白河の関を吟行した際、大量の食用菊を買って帰った。夏場から十月の初めまで出回る寿という黄菊であった。この菊は乾燥させて菊枕になり、夜毎の夢を結んでくれている。夏菊に代わって登場するのが有名な〝もってのほか〟である。作者の住んでおられる山形県は食用菊生産量日本一。しかも春鷗さんは薬用酒作りの名人でおられる。菊はコレステロールを除き、血圧を下げる作用があると聞く。この句の「菊を摘む」は菊の薬用酒作りのための作業であろうか。月山に真向かい心を清めつつ菊を摘む春鷗さんの姿が彷彿とした。

病む妻に選ぶ言葉や万愚節　（平成二十一年八月号）

二人きりで暮らしていらっしゃる雰囲気が伝わってくるがどうか。病床にある妻を思いやる細やかな情愛が「選ぶ言葉や」にこめられている。同時に奥さまのほうでも言葉を選んで受け答えしておられるのではないか。作者はそこに気付いて下五に「万愚節」を据えたのだと思う。これは日本人しか理解できない「もののあはれ」に繋がる心情だろう。老々介護とは異なる美徳が日本にはあった。私はいつも愛より情が大事と言っている。掲句から私の思いはさらに広がってゆく。

艶やかに紅花餅の筵干し　（平成二十二年一月号）

毎年山形の紅花餅をくださる東京の友達から、今年もいただいた。切り餅のダンボールはずっしりと重い。私自身も京の料亭に一人暮らし用の三の重を早々と注文しておいた。独りで初日の出を拝み、屠蘇を傾け、紅花餅の雑煮をいただくのも悪くない。筑波山のうしろから昇る初日の出を拝むのが恒例になっている。二〇一〇年のルナ暦によると、元日の夜は満月である。良い年が来ますように。

ラズベリー酒造らむ夢の花開き　（平成二十二年九月号）

ラズベリーの苗を狭庭に植えたことがある。根から根へ旺盛に地下茎をのばす勢いに驚いて栽培をやめてしまったが、不老長寿の実と呼ばれる意味がわかるような気がした。白い花は蕊のあたりに淡い緑色を含み夢のように美しい。小林春鷗さんはラズベリー酒造りの名人である。アルコールに弱い私だが、ラズベリー酒を飲んで二日酔いになったことがない。切子グラスで飲むラズベリー酒はとくに美味しい。あの白い花からなぜルビー色の実が成るのか、謎を秘めたバラ科キイチゴ属のベリー酒に乾杯！

月山に靄立ちこめて虹白し　（平成二十二年十二月号）

飯塚書店から刊行した私の著書『雨・虹』に、白い虹を解説したページがある。そのとき、

白《しろ》虹《にじ》日を貫いて蟷螂起つ　石井露月

を引用している。「白虹は七色がはっきりしない白っぽい虹を言います。

空中に浮いている水滴がこまかいと、これに当たって屈折した太陽の光の色が、かさなって白く見えるためで、上層まで空気が乾燥していると見ることができます。白虹がかかるときは、高気圧の勢いが強くいつまでも晴天がつづき、旱魃になる恐れがあります……」。今年は例年にない猛暑がつづき、小林春鷗さんの住んでおられる山形でも白い虹が見えたのではないか。「白虹張れば干天」といった観天望気もある。

秋うらら空飛ぶ蜘蛛の糸光り　（平成二十三年一月号）

永井龍男先生の名作『枯田の畦』に、月夜に飛行する蜘蛛の糸の情景が描かれている。蜘蛛が枯草の茎などに這い上がり、白い糸を光らせながら青空を飛んで行く様子を、山形では「雪迎え」と言う。掲句の季語は「秋うらら」であるが、飛行蜘蛛のロマンはこれから訪れる厳しい風土の先触れであり、秋には早くも始まっていることを知った。

句集　草楽人生◇目次

題簽・口絵　植松弘祥
装丁　三宅政吉

句集

草楽人生

そうらくじんせい

湯殿みち

平成十四年〜十五年

大雪に雪吊りの縄太りたり

山茶花《さざんか》の紅白壺に淑気満つ

雪払ひ忌を修したり猫の墓

湯殿みち

雪国の雪を友とし古希迎ふ

読切りはおらが春なる一茶の句

月光の軒に簾の凍大根

最上川落暉の染める冬景色

春隣雪の月山まろやかに

寒晒し蕎麦や蔵王の水に漬け

猫用の木戸にも豆を撒きにけり

火《か》勢《せ》鳥《どり》の蓑を外せば乙女なる

春暁や鱶《ふか》鰭《ひれ》競りの魚市場

手術痕見せ合ふ出湯夕朧

水温む白鳥手より餌を食みて

剪定や遠月山の雪光り

　湯殿みち

級友の名前浮かばず涅槃雪

草木塔見ゆる流れに芹を摘む

福耳の雪形兎種おろす

花筵歌はぬ犬も座りをり

湧き水に得たる癒しや緑立つ

毒草ににぎはふ春の野草展

雪の上に山毛《ぶ》欅《な》の芽鱗赤かりし

月山に雲の迅さよ山毛欅若葉

飛行機雲伸びる分校朴の花

島人の厚く切りたり初鰹

雷鳴に宿の軒の止みにけり

鳴き砂を踏み夏帽の遠ざかり

滝音に猿見え隠れ湯殿みち

留守居して酌む冷酒に冷奴

朝夕に霧湧く原の紅の花

朝露に紅花摘める指白き

緑陰に眉太なりし芭蕉像

弥陀ケ原霧の流るる蝦夷《えぞ》一花《いちげ》

 湯殿みち

山菜膳歯ざはりのよき登山宿

聞き上手ゐて盛り上がるビヤガーデン

父母の齢を過ぎて盆用意

病む妻の歩みを支へ秋暑し

月山に昼月淡し芋煮会

千字文の軸掲げある良夜かな

白鷺の見守る稲田刈り始む

爽やかや妻の癒えきて庭手入れ

みはるかす蔵王紅葉や握り飯

廃校につどひ新蕎麦打ちにけり

新蕎麦に胸を張りたる店主かな

番屋おく牛《うし》渡《わたり》川《がわ》鮭のぼる

谷底へ小石転がる薬掘り

無人店高原大根よく太り

山繭の吹かるる青さ枯木立

臼碾きの蕎麦の談義や冬籠り
雪晴れや穂先まばゆき雁戸山
仄めかす恋とも老いの賀状あり

元朝や白寿迎へし師の訃報

布施柿や入り違ひなる鳥群れて

寒鳥雪のしじまを破りけり

鷹匠の髭に霧氷のひかりたる

逆光の樹氷鎮もる茂吉歌碑

鬼やらひ廣介の鬼思ひをり

鬼やらひ鬼の行方を子は案じ

妻病めば豆撒くごとに声張りて

独り居のつつがなくして寒明けぬ

妻見舞ふ日課となれり雪解風

剪定の音のこだます大脚立

月山をはるかに棚田水温む

 湯殿みち

入学の背丈を記す柱かな

蛇穴を出づや杖もて妻歩む

病む妻を湯浴みさせをり夕桜

妻留守の一つの椀のしじみ汁

一人居や活ける桜の夜も開き

鳥海山《ちょうかいさん》の爺の雪形畔焼けり

 湯殿みち

淡き日の羽州街道木々芽吹く

白木蓮壺にひと日を咲かせをり

蔵王嶺に浮かぶ眉月春惜しむ

躑躅《つつじ》山見返るうなじ白かりき

新緑に合奏しをり渓の水

妻癒えて新茶の包み開きたる

花あやめ恋の文目《あやめ》と思ひたる
朱の鳥居いくつくぐれりえごの花
まんだらの里の水音花山葵《わさび》

虚空蔵《こくぞう》山の湧水砂を舞はしめる

霧まとひ鐘撞く僧の夏衣

峡住みの笊に干飯の光りをり

癒えし妻連れてめぐるやお花畑

長雨のあとの息吹や蟬しぐれ

うつむきて下陰灯す銀龍草

茄子漬の紫紺に妻の点辛き

夕立の去りて藍濃き蔵王山

青虫の装ひ極めめ緑なす

稲の花雲間の日をも惜しみたる

かたときの面影ありて天の川

脂粉の香墓に残れり盆の月

焼き味噌の香の握り飯鰯雲

面影の浮き雲ひとつ金木犀

牧閉づや踏ん張る牛を引き立てて

肌色の雲に触れたき秋の暮

月光の老いの家並みを照らしけり

社是掲ぐ老舗消えたり秋の虹

茂吉詠みし月をかざして最上川

手作りの猪口を添へたり菊膾

秋惜しむ雪吊りの縄売り出され

莢蒾《がまずみ》の赤き実掲げ草木塔
きりもなき落葉に樹々を揺すりたる
落葉して余すことなき月明り

板をもて茂吉の墓の雪囲ひ

風呂吹きや手酌の酔ひのにごり酒

まほろばの山

平成十六年〜十七年

初衣裳やうやく妻の杖離れ

笑ふ子になまはげ退散したりけり

山毛欅《ぶな》の萌え待たるる雪の山に入る

蠟梅《ろうばい》の花芽たがはず膨らめり

寒鱈汁鍋に目玉の睨みをり

降り積もる雪は風雅にほど遠く

探梅の蕾より落つ雪雫

長病みを解かれ旅立つ睦月かな

鳥雲に長命なりし骨拾ふ

大杉の雪崩れてしじま破りけり

一望の山のまぶしき春の空

漂ひつ上りつ舞へり春の雪

医通ひの今朝の春雪斜めなる

麻痺の足看とりし妻の梅見かな

友迎ふ梅一輪の備前壺

まほろばの山のあやなす桜狩

大山桜太古の色と思ひたる

大山桜ほころび初めし西行碑

コーヒーを入れて妻呼ぶ開花かな

月山を一望の河岸桃の花

吊り橋に増す水嵩や二輪草

リハビリに木蓮の路地の回り道

蔵王嶺を仰ぐ山荘藤の花

渓声を覆ひ春蟬ひとしきり

ビル住みの子らに分けたし若葉風

紅花や大福帳の文字古りて

民宿は蕎麦に山女《やまめ》に渓の風

山道の新樹は宙《そら》を包みたる

牧夕焼散りゐし牛の舎に帰る

桷《ずみ》咲ける戦場ヶ原の夜の白し

飛島萱草《とびしまかんぞう》咲きつぐ梅雨の島泊り

椨《たぶ》の木の巨木の下の浦島草

山開き行衣《ぎょうい》の修験者岩を跳ぶ

今生の色香賜へり古代蓮

荒筵染めて紅花干されをり

就学児なくて休校透百合《すかしゆり》

炎天にＳＬ帰る大汽笛

咲きさうな月下美人の闇誘ふ

花笠踊り列はみいでし笠の子ら

独り飲む夜のコーヒーや虫時雨

郵便車とまる音にも秋の声

紅もさす女人修験の秋の嶺

転ぶ子の手に摑みゐし式部の実

秋風や玉刈になす一位の樹

月祀る三方に芋載せをりぬ

田の神を祀り稲刈る棚田かな

秋日和昭和通りの駄菓子店

蔵王嶺を遠目に住みて柿の秋

まなかひに月山聳え菊を摘む

がまずみの紅の深まる酒つくる

柿もぎの枝の脆きに妻の声

小屋組みて吊る干柿の日を吸へり

干柿に山の夕日の色映えて

雪囲ひ男結びの指太き

茅屋根の火棚に燻す大根干し
時雨虹束の間に消え人恋し
釣竿師雪の鳥海《ちょうかい》山釣りたしと

寒鱈汁目玉一つを譲り合ふ

寒晒す蕎麦に吹き寄せ谷颪

凍豆腐造らむ耳朶の痛みたり

まんだらの里に祭りの雪灯籠

廃村の崩れし垣や福寿草

リハビリへ凍道踏みて麻痺の妻

待春や布靴買ひて試歩の妻

コニャックを香らせをれば春立ちぬ

瑠璃色の汝《なれ》の名悲し犬ふぐり

木の芽晴れ招かれゐたりログハウス

光増す最上河畔や下萌ゆる

山葵《わさび》田のほとりに御座す弁財天

しあはせに言葉なかりき花の中

有耶無耶の関残雪に引き返す

花筵歌へぬわれに針筵

霞ヶ城の余花に誘ふも句縁かな

助手席の病む妻もらす茶摘み歌

五月来ぬアルプスのぞむ道祖神

亡き友の妻より届く新茶かな

不揃ひに蕎麦切る峡の夏炉かな

清水湧くまんだらの里沼光り

果樹園の雹害しるき空仰ぐ

花芹に靄の晴れゆく沼面かな

リハビリへ夏帯ゆるき妻送る

病む猫を看とる病妻明易し

幼な日の母指しくれし二重虹

日焼け子や野外授業の魚捕り

日焼け子の升目はみだす感想文

山毛欅《ぶな》の雨清水を探しつつ歩む

筧水落つるリズムの闇涼し

つつがなく生かされ今日の魂迎

残月の月山まぶし女体めく

爽やかや男鹿の湯に射す日の出なる

朝日影霧に滲みて昇りけり

ＳＬの黒煙焦がし刈田行く

皀角子《さいかち》の走り根絡む城址かな

彼岸花堤になだれ水辺まで

蔦紅葉山毛欅《ぶな》の大樹をほしいまま

峠開け渓の向かうの初紅葉

秋明菊野に一叢の白を張り

蕎麦畑の地平遥かに鰯雲

山毛欅《ぶな》の実を拾ひ食みたり馬頭塚

ななかまど色の限りを実に託し

川霧に幟はためく蕎麦街道

今年酒送り名なくて届きけり

声のなき野辺の送りや帰り花

声降らせ白鳥戻る最上川

水鳥の万羽ひしめく夜明けかな

大吹雪過疎の集落呑み込みて

空く席のローカル線や霧氷原

カラフルな袴の巫女の煤払

足跡は猫一匹や雪の朝

吹雪く原行く手は白き帳のみ

忌を修す飛雪はつたと顔を打ち

目覚むる土

平成十八年〜十九年

市神を拝む賑はひ初の市

初市や鍋の蓋売る店めぐり

父の書にほど遠かりし吉書揚

探梅や朱の橋渡り寺井汲む

打つ人は拾ふ人なり鬼の豆

淡雪や縄文埴輪目鼻なき

友逝くを訪はずに過ぎて春立てり

雪解風術後の干支のふた巡り

リハビリへ妻のハミング春ショール

絵手紙の木の芽に乙女浮かびくる
梅ふふむこんにゃくの香の屋台店
山茱萸《さんしゅゆ》の黄のこぞりたり昨夜の雨

一村のみな同じ姓梅薫る

梅挿すや妻の一輪紅をなし

東一華《あずまいちげ》片栗咲きて昼の酒

山の湯にひたる春蟬みちみちて

拾ひ読む歌碑のかな文字糸桜

熊谷草畳める母衣の膨らみて

石南花《しゃくなげ》の鉢回しみて飾りけり

縦列に鮒泳ぎくる若葉風

つつがなき証しに届く新茶かな

雲間より日の射す蔵王田植寒

梅雨寒や土偶のからだみな豊か

紫陽花の一山埋め文殊堂

酢漿草《かたばみ》の花雑草の名に呼ばれ

十薬の酢味噌和へ盛り薬膳会

白装束の笠の波打つ山開き

菜園をつくる一念草むしり

風死せり友の葬儀の昼下がり

月下美人いまは遠きにありし人

花笠踊り極まる風の生まれけり

大漁旗晴れ渡りたり烏賊の浜

ハミングの向日葵《ひまわり》ロード遠月山

流灯の二千揺れゆく雨上がり

盆参り手を合はせざる異宗の子

紅染めを羽織りて秋の峰入りは

長雨に畑のオクラもほほけたり

山村の一戸隔てて蕎麦の花

蔵王湖の群れなしよぎる赤とんぼ

栗飯や一腑なき身を忘れさせ

芋の露宿す日輪転がれり

行く秋の茂吉ゆかりの湯宿かな

月山を空に一村林檎もぐ

妻病みて日課の厨菊盛り

麓村幾曲りしてきのこ鍋

林檎売る小屋の貼り紙筆太し

落葉して空の広さの戻りけり

駄菓子屋の昔のままや小六月

不器用に年重ねたり雪囲

松籟の山の湯にをり年忘れ

冬のみの山家の蕎麦のお品書き

花石蕗《つわぶき》行者立ち寄る廃寺跡

読みさしの栞そのまま年詰る

鉢巻の捨値を囃し歳の市

尼在す障子明りの座禅堂

初夢に縄文土偶招きたり

寒椿勝手流なる茶を点つる

味噌を出し思ひつきたる蕪汁

病む妻に蠟梅《ろうばい》一枝剪りにけり

つつがなき齢はすすみ日脚伸ぶ

高僧の鬼をねぎらふ追儺経

呼びきても老猫恋に振り向かず

草庵へ先づは紅梅供へたり

一村に蔵のかたまる芽吹き晴れ

招かるる夕餉浅葱《あさつき》添へられし

リハビリに紅梅一枝持たせけり

山襞に牛の雪形畦を焼く

畑打つて目覚むる土のかをりたつ

花守の誇る古木の洞の闇

春蘭の睦むかたちに寄り添ひて

春愁の水面に木々の倒影す

春蟬の山を賑はす露天風呂

山の岩不動の座り躑躅《つつじ》燃え

雨雲の去りて蔵王のひなざくら

日帰りの旅の湯浴みや風薫る

酒蔵の香をまとひきて新茶汲む

若葉山地蔵の頭巾新たなり

夏霧をまとふ山菜摘みにけり

山霧のたちまち隠すお花畑

頂上へ踏まじと進む稚児車《ちんぐるま》

梅雨冷のペンション覗く羚羊《かもしか》は

あぢさゐの殊更雨に色深め

雲の峰遊覧船は鷗連れ

雪渓の傍へに咲けり峰桜

取りたての胡瓜に味噌の朝餉かな

涼風に湯花の匂ふ蔵王の湯

縄文の木々沈めたる山清水

かの奥に父母在すらむ花火の夜

札所寺一山蟬の読経かな

涼風を添へて草木塔をがむ

送り火や風集めては風に乗り
秋風に身を禊ぐかに吹かれをり
かなかなの鈴ともしみる観音堂

遠山の麓まで占め蕎麦の花

今生をいのちの限り虫時雨

月山の振り返るたび秋澄めり

蔵王山霧の帳のつづら折

山霧に座す奪衣婆札所坂

夕茜まとひつつ摘むもつて菊

栗の実の落つる音あり民話村

舟下り水面の紅葉分け入れり

初生りの柿を猿もぐ過疎住ひ

菊花展貴人舞ふがに香りをり

時雨るるやいつよりきしみ戸障子は

落葉松《からまつ》の金の針降る落葉季

木枯しに真つ青の葉も飛び来たり

雪吊りの縄の匂ひも結びけり

秒針を正してゐたり冬至の日

母の背の炬燵に小さくまろかりし

日の色にきらめく雪の万華鏡

一舟の吹雪にうすれ最上川

黒川能田楽匂ふよもすがら

寒月を上げて城址の大手門

炎立つ

平成二十年〜二十一年

福寿草日がな日を追ひ暮れにけり

蠟梅《ろうばい》に日のとどこほる薫りかな

一番は猫の足跡今朝の雪

青空のひろごる山の橇遊び

真つ白といふ世のありて雪女

樹氷背に赤衣の地蔵在しけり

春立ちて遠山まぶし鳶の笛

春雪を散らし雀の小躍りす

古雛飾る最上《もがみ》川岸辺の蔵座敷

猟銃に猿が手合はす雪解山
まんさくの黄に黄を重ね雑木山
芽吹き山萌黄の色を連ね染め

花二輪また三輪の開花かな

花満てり洞を抱へし老樹かな

病む妻に手押し車の花巡り

一山の大山桜見つくせず

春筍の皮重ねては今朝も伸び

遠月山村を分ちて雪解川

城址の濠花くづ掬ふ舟のあり

里山に川字雪形種を蒔く

まほろばの植田なべてに月宿り

初掘りの筍くばる一日かな

手間尽くし捥がれ選られてさくらんぼ

虚空蔵《こくぞう》山を向く獅子岩も夏の霧

捥ぎとりて健やかなれと梅仕込む

虫干しや江戸紅染の蔵開けて

明滅はわが街の灯か夏蔵王

湧き水の藻の花揺らし山葵《わさび》田へ

満天の棚田に灯し恋蛍

草笛を吹いて童に戻りけり

ラズベリー酒の色香楽しむ花火の夜

烏瓜妖精編みし花かとも

梅の実のいのち愛しみ梅酒酌む

森青蛙かしこみて座す樹上かな

沼渡る子の声ひびき未草《ひつじぐさ》

盆踊り子らの少なき大囃子

露草の露持つ瑠璃を挿しにけり

虫籠も庭も静もり残る虫

ともかくも事なき暮らし大南瓜《かぼちゃ》

古里にわが姓多し吾亦紅《われもこう》

城濠に炎立つなり曼珠沙華

門前の傾ぐ古刹や曼珠沙華

夜の帳透きてかんばし金木犀

独り居の耳鳴るしじま夜の長き

忌を修す分ち合ふべき温め酒

もみぢ園備前徳利の地酒酌む
山寺に棲む風あらむ落葉舞ふ
いのちまだ耀ふ落葉惜しみけり

垣根越えし落葉隣家に詫びにけり

初雪や病む妻に擂るとろろ汁

病む妻の傍へに雪もあたたかし

実南天息吹きかけし玻璃越しに

兼続の戦跡包む出羽の雪

電線に居並ぶ烏雪浄土

小康の妻茶を啜る小春かな

寒暁や癌病みし日の遠くなり

冬木立霊気ただよふ佇まひ

初電話子とまがふまで孫の声

匂へるは寒鱈汁と言ひ当てし

なまはげの奇声を返す子の叫び

海老のしつぽも混じる百態樹氷林

一点となりはて雪野歩みけり

雪に来し待ちし人なりにごり酒

あけぼのの蔵王嶺後に鳥帰る

人住まぬ藁屋朽ちつつ黄水仙

春光に手押し車の妻がゐて

一村の名残雪踏み観音講

ゆつたりと牛の反芻雪解季

風光る防雪柵も外されて

小流れの奏でそめたる芹を摘む
芽吹かむと光る滴を樹々纏ひ
梅一輪一腑なき身の軽さとも

里山にまだ片言の初音かな

病む妻に選ぶ言葉や万愚節

就学児ありて開校島の春

山葵《わさび》田の村人やさし水の音

囀りに重きまぶたも目覚めけり

お山祭り喘ぎぬ辛夷咲く坂に

共に過ぎし妻よ新茶を注ぎけり

山毛《ぶ》欅《な》若葉耳当つ幹に水の音

兼続に滅ぶ山城若葉冷

柿の花清きしじまを落ちにけり

蛇の衣吹かれ赤衣の六地蔵

雲の峰牛の歩みの点となる

沁む汗も心地好きかな畑仕事

廃校にひろがる棚田草を取る

月山に白き虹立つ如来とも

お花畑靄の浄土となりにけり

稜線は白根葵《しらねあおい》の咲ける径

山頂に群るる黒百合《くろゆり》芭蕉句碑

日焼け濃き球児といつか育ちたり

御来迎拝す善男善女なり

殺生は好まぬなれど蠅叩き

帰省子を待ち侘び髭の伸びにけり

花笠踊り飛び入り異国人もゐて

艶やかに紅花餅の筵干し

蜘蛛の囲の隣家と庭の懸け橋に

たっぷりの日に秋茄子の紺深め

真っ赤なる灯ともなだるる曼珠沙華

一望の麓埋めて蕎麦の花

高嶺なる豆名月の動かざる

墨の香に父の声立つ良夜かな

草木塔仰ぎ紅葉の人となる

朝霧の畑に汁の実摘みにけり

小春日や兼続夫妻墓添ひて

枯菊の焚く香漂ふ武家屋敷

銀杏《いちょう》落葉黄金の風となりにけり

樹氷原夜は妖怪とならむかも

山茶花の残る一花を惜しみけり

その背に老いはいまだや雪囲

遠ざかる人影つつむ夕みぞれ

山寺の阿吽の像や雪時雨

新雪の音なく松をつつみをり

あるがまま

平成二十二年〜二十三年

また一つ齢さづかり寒牡丹

英文字は海隔つ子の初便り

大寒をさんげさんげと行者衆

その彩の極まりにけり寒椿

寧日の稜線まろし雪月山

降り積もる雪に大地の真つ平ら

風花やラズベリー酒の真紅の香

雪原の放つ白光鳶の浮く

雪荒れに酒も添へたり鬼やらひ

山河澄む小千谷《おぢや》縮《ちぢみ》の雪ざらし

蠟梅《ろうばい》の句に蠟梅を献じけり

草木塔の詩碑読みつぐや涅槃雪

瓶に挿す春先触れのまんさくを
啓蟄や菰脱ぐ木々の目覚めゆく
髪失せし寛永雛も飾らるる

八頭身の縄文土偶春の風

あるがまま生きゐて喜寿の朝桜

花万朶古刹の鐘を撞きにけり

雪形の蛇をそびらに畑を打つ

月山に茜さしたり春の雲

渓流のしぶき高まり二輪草

父母の齢いつしか越えて木の芽和へ

ラズベリー酒造らむ夢の花開き

蹲に青き影なし柿若葉

古梅酒のとろりと我の家宝とす

谷空木《たにうつぎ》一揆の墓の裏に燃え

月山に法螺貝ひびき山開き

花山葵《わさび》湧く水音のとぎれざる

亡き父母の面影浮かぶ青田風

真つ青の涼風生まれ山毛欅《ぶな》林

玫瑰《はまなす》や砂丘の果ての大夕焼

山間の棚田にぎはせ蛍とぶ

雷のとどろき慈雨となる大地

最上川二重の虹を上げにけり
雲海に浮かぶ連山ひと色に
月山に靄立ちこめて虹白し

秋うらら空飛ぶ蜘蛛の糸光り
虫の音や昭和の歌の流れ来る
稲を刈る鎌音里の学校に

菊芋の灯と咲き盛る最上川

白髪に近づく八十路曼珠沙華

かの酷暑幻めきて彼岸花

秋祭り近づく村のさざめける

診療所出でて良夜の串団子

杉桶に醸す香りや濁り酒

紅葉濃し宙の菩薩の衣とも

吊し柿蔵王颪の日に連ね

焼畑の斜面赤蕪太りたる

冬囲ひなだめるやうに木々縛り

茶の花の一つとなりて暮れゆけり

落葉降る軽き音あり過疎の径

山迫る門前茶屋の落葉焚

過ぎ去りしことは葬り根深汁

雪吊りの十月桜咲きゐたり

耳明けを祈る大黒夜祭りに

元日の暮れて八十路に入りけり

最上川舟唄渡る初景色

さんげさんげ丈余の雪に法螺の列

凍裂の音こだまして懸巣発つ

吹雪く野に風紋残し雪女

塩分の目秤に慣れ蕪汁

寒鱈汁しゃぶる真顔を見られけり

追儺膳鬼をもてなす蔵座敷

父と子の禿頭似たり春帽子

春北風そぞろに巫女の緋の袴

堆肥積む棚田にかろし雪解音

あたたかし母似の雲の浮かびたる
古刹への道二筋や春霞
白妙の月山まぶし花桜桃

地震の空足許に咲く犬ふぐり

遠月山眉のやうなり蓬摘む

五加木《うこぎ》飯いのち確かにいただきぬ

鳥兜雪間に小さき山路かな

絮翔ちてたんぽぽ心許なげに

ペアリフト囀りのなか昇り初め

日が差せば牧の春蟬ひとしきり

草木塔のかたへに茄子の花をつけ

蟻の列乱してわれも乱れけり

青嵐浜の鳴き砂よみがへり
南北朝しるす古刹の著莪の花
緑陰の茶房にベレー帽脱ぎて

初鰹被災市場に競り戻り

靄たちて山百合《やまゆり》匂ひ濃かりけり

炎天に音の失せたり最上川

ひとすぢの滝の縷々たり最上川

涼風に身のよみがへる八合目

夕焼雲千切りてみたきまで燃えて

節電の手許せはしき団扇かな

ところてんつるりと一腑なき身にも

薄雪草峠路なれば岩囲ひ

稲に乳飲ますたとへや稲光

秋蟬の競ふことなく昼を占め

放射線なくて芋煮の鍋ならぶ

稲光り積みしままなる書に光る

とんぼうの竿先借りてズック干す

紅葉谿かげりの早き杣の山

時告ぐる麓の寺や秋夕焼

サラサーテひとり夜長を過ごしけり

藤袴霧吹き香り呼びにけり

掃き終へてなほも落葉の朝餉かな

木の葉散る失せゆくものの愛ほしく

浅草寺出羽新藁の大草鞋

冬茜句友案内の浅草寺

庭石の苔鮮やかに小春空

首寒し日がな纏へり厚タオル

雪中にさらなる赤き藪柑子

夕鶴の恩の炉がたり切なくも

降りこめる雪に音なく年暮るる

雪掻きに見知らぬ声を賜りぬ

地吹雪に引く紅淡し雪をんな

傾ぐ陽に

平成二十四年

禅寺の唐辛子吊る雪景色

樹氷林真下にジャンパー空滑る

樹氷原けぶりてきたり茜雲

語り部を囲む炉明かり雪しんしん

冬季のみの湯気饅頭ふところに

一献に浅葱《あさつき》ありて心足る

凍み解けて一滴づつの覚音

無住寺の心経ならむ雪雫

啓翁桜出羽に色づき春きざす

やまなみは斑となりて花芽ぐむ
雪解して畑土匂ひ広げたり
西の月山東の蔵王斑雪

まほろばの一村一寺梅真白

水芭蕉咲かす一村蔵白し

病妻の膳に挿しおく梅一輪

鳥兜混じり群れ咲く二輪草

つや姫米の握り飯手に春の山

蔵王嶺の残雪淡し嶺桜

木道にしばし佇む雛桜

蔵王お釜さざなみ立てる薄暑かな

鬼罌粟《おにげし》の一花ほむらとひらきたり

ラズベリーの実り名酒となりぬべし

紫陽花の壺にいよいよ藍深め

夏料理試みてみむレシピ手に

妻縫ひし浴衣懐かし飾りみる

捨て畠に線量あれど月涼し

さるすべり花たぎりたる並び家

青竹の匂ひは誰ぞ籠枕
背の骨も墨もぬかれて烏賊干されれ
そのさきがするりと言へぬ心太

蜘蛛の網次のすきまにまた張られ

これよりは岩の滴り奪衣婆

立石寺せみ塚に湧く蟬の声

いくすぢの閃光はしる驟雨かな

ふところに風をいれたりお花畑

百選の棚田つらなる稲架日和

鶏頭や老女独りが木戸くぐる

しづけさに己が靴音きのこ山

秋日和躑躅《つつじ》二度咲く庭明かり

父母恋し故郷遠く柿を捥ぐ

傾ぐ陽に灯の色なりし御布施柿

日あたれば茴香《ういきょう》の実に蜂すがり

菊人形平家源氏は壇の上

出つ尻の縄文土偶秋日濃し

あとがき

月日は早いもので、ふと気づくと齢八十を二つも過ぎた。一冊は句集を編んで、歩んできた道程の一端を残しておきたい、そんな心持にかられ、駄句ではあるが出版に踏み切ることを決意した。

私は長年銀行に勤め、また薬用植物の研究を二十九年間行ってきた。家庭を持ちながらも仕事優先の日々、振り返れば、妻がいてくれたからこそと、つくづく思うばかりである。その妻は今、平成十四年に発症した脳梗塞のため、昨秋から特別養護老人ホームでの生活の日々となった。顔を覗きに行く日課ではあるが、その帰りの虚しさは家にたどり着いてもすぐに失せることはない。人それぞれとは思うが。

これまでにも句集刊行というものは漠然と脳裏にはあったのだが、日々に追われる中で、作ったとしても読んでもらえる作品もなく、自分とは遠いもののことだと思っていた。七十歳から所属していた結社「琅玕」が平成二十五年二月号を最後に終刊となり、その頃から改めて句集を意識し出したのは間違いない。

句歴は胸を張れることではないが、少しでも拾い出したいと思い、地元・山形の恩師である「柊」主宰・阿部渚先生に、形あるものにしてもらえるよう、恥ずかしながら選句のお願いを申し出た。駄句ばかりではあるが、私としては思い入れの深いものも数多くあるので、選句していただいた原稿の戻りを今日か明日かと心待ちにしていた。

その矢先、阿部先生のご息女様より、「母が他界しましたため、お預かりしておりました句集の原稿をお返しいたします」という旨のお便りをいただいて、残念ながら願いは叶わぬ運びとなってしまった。先生の体調が思わしくない中にお願いした負い目を感じ、句集のことはいったん断念、と心に決めたことだった。

それからの日々を坦々と送っていたが、ある日何気なく、机の上のお戻しいただいた原稿用紙をめくってみた。しばらくぶりに手にしたその原稿には、阿部先生の選句の印が大方残っており、それは本当に有り難く、先生のお心にも触れることができた思いがした。〝句集断念〟はその時払拭した。

今回、自分史として句集を上梓できたのも、選句にご苦労をおかけした先生、また原稿を戻してくださったご息女様のお蔭である。お二人のご助力がなければこの句集は完成することがなかった。私のこれからの人生の一歩を後押しいただいた気持でいっぱいである。

また、句集のタイトル『草楽人生』とは、「日本薬用植物友の会」会員当時の野川緑道氏が私の人生をみて命名してくださったものである。そして、野川氏の実兄で日展会員の植松弘祥先生の揮毫による色紙を恵与されたので、装丁にも使わせていただいた。記して御礼申し上げる。

「草楽」とは、「日本薬用植物友の会」初代会長で、元東北大学薬学部長・竹本常松教授の東北大学最終講義は「草楽而不厭」が演題と仄聞しているが、この言葉からの名付けである。論語の「子曰、黙而識之。学而不厭。誨人不倦。何有於我哉」の一節に見られる「学而不厭」から「草楽而不厭」へのご心境と達観である。

「日本薬用植物友の会山形支部」は昭和六十一年四月に設立。私が五十歳のときに胃癌手術をし、天与の余命を世間に晒したときである。草野源次郎東北大学薬学部助教授（現在、大阪薬科大学名誉教授）のお薦めとご指導に因って発足し、爾来二十九年、諸先生のご指導を仰ぎながら今日に至っている。今年に入り、活動概要をご覧になった津谷喜一郎日本薬史学会会長・東京大学大学院薬学系研究科教授よりお褒めの言葉を頂戴した。

今回の句集出版は、「文學の森」より幾度となく勧められ、その熱心さに大きく促されての刊行である。「琅玕」主宰の手塚美佐先生からは「序にかえて」の掲載許可をいただき、改めて心より御礼申し上げる。

義姉の結城きみからは、病床にありながらも発刊費用をご支援いただいた。生来の慈悲心に深謝し、ここに記して御礼申し上げる。

八十歳を過ぎて遅きに失した感は否めないが、妻にも「ありがとう」とようやく声に出せるこの頃。恥ずかしながら、ではあるが。

句集発刊という幸せを与えてくださった皆々様に、深謝の意を表します。

平成二十六年十一月

小林春鷗

著者略歴

小林春鷗（こばやし・はるお）　本名　春雄

昭和７年４月　山形県寒河江市に生まる
昭和27年６月　山形銀行入行
平成12年11月　「柊」入会
平成14年１月　「琅玕」入会
平成16年５月　「琅玕」真珠集作家同人
平成20年５月　俳人協会会員
平成23年７月　「琅玕」白磁集作家同人
平成25年２月　「琅玕」終刊

昭和61年４月　「日本薬用植物友の会山形支部」設立、支部長
平成10年６月　「日本生薬学会」入会
平成12年４月　「日本薬用植物友の会」副会長・山形支部長

現住所　〒990-0863　山形市江南１-８-７

句集　草楽人生《そうらくじんせい》

発　行　平成二十七年一月九日
著　者　小林春鷗
発行者　大山基利
発行所　株式会社　文學の森
〒一六九-〇〇七五
東京都新宿区高田馬場二-一-二　田島ビル八階
tel 03-5292-9188　fax 03-5292-9199
e-mail mori@bungak.com
ホームページ http://www.bungak.com
印刷・製本　竹田　登

ISBN978-4-86438-365-3　C0092